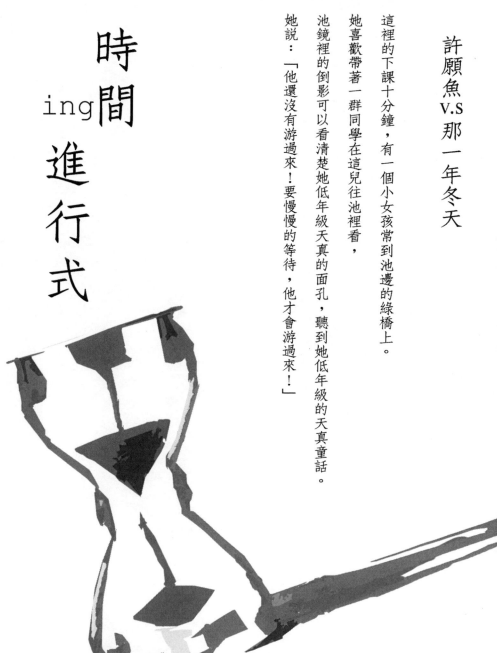

時間ing 進行式

許願魚 v.s 那一年冬天

這裡的下課十分鐘，有一個小女孩常到池邊的綠橋上。

她喜歡帶著一群同學在這兒往池裡看，

池鏡裡的倒影可以看清楚她低年級天真的面孔，聽到她低年級的天真童話。

她說：「他還沒有游過來！要慢慢的等待，他才會游過來！」

序

許願魚V.S那一年冬天

這裡的下課十分鐘，有一個小女孩常到池邊的綠橋上。

她喜歡帶著一群同學在這兒往池裡看，池鏡裡的倒影可以看清楚她低年級天真的面孔，聽到她低年級的天真童話。

她說：「他還沒有游過來！要慢慢的等待，他才會游過來！」

池裡有許多顏色的魚，許多顏色的魚慢慢的擺動尾鰭，扭動的顏色讓池裡增添了許多樂趣，顏色和顏色彼此穿梭時間的技藝，如果說游動是一種藝術，那空間更是一面鏡子般的藝術，實像、虛像、池裡有幾棵大樹生長著，池裡有一棟教學大樓，雲朵、天空的深度和人清晰的影子。

一位高年級老師也常在這兒看影子、看風的水紋。他知道早晨的光線讓魚兒的胸鰭前後微微捲動，這是一種靜止的平衡與享受陽光的最好方式。

　　小女孩天真的問老師：「你在這裡看什麼？」

　　「那妳在這裡看什麼？」老師也天真的問她。

　　小女孩呵呵的笑說：「我來看許願魚。」

　　老師在池裡尋了一會兒說：「我在看妳許的願望。」

　　從此，這池裡、池外多了許多孩子的願望。

　　願望成了顏色。

　　一進教室老師還是提著他的深藍色龍馬牌公事包，穿著深藍色冬季的牛仔褲，灰綠色史蒂文麗棉質長袖，衣服外頭簡單輕便的史蒂文麗黑色背心，那質料看起來很輕而保暖，這一季的寒流來襲並未在他發抖的唇邊露出訊息。他放下提包拿出三本為隔壁班老師代購的讀書方法、如何閱讀一本書、黑鳥湖畔的女巫就走出教室，我們班上正在進行這樣的課程，這是和鄰班的教學分享吧！進到導師室我依然準備著老師的黑咖啡，我磨起十五秒的喜拉朵淺烘培咖啡豆，拿出三人份日本牌HARIO沖泡式咖啡壺，放入約二點五刻度研磨出效果來的咖啡豆粉，執起日本古銅色水壺，注意著壺嘴走出來的水流和水量，我開始習慣把

壺嘴靠著濾布邊緣，輕細而慢條斯理的慢慢注入滾著小魚嘴樣的熱開水，約分鐘三人份的咖啡就已經沖好了，老師總會在喝上第一口時，沉思片刻的笑著對我說：「技藝控制得很好，凝斂性夠厚實，謝謝藝術。」我開心的回上：「那還用說，看誰教的？看我多專心？」一臉有自信的神采和老師眼睛亮亮清澈的泛出亮光，我知道這是一杯好咖啡，和好朋友分享時，我以專心的誠摯，送給這個懶懶的大朋友老師，一個甜蜜的早晨，我想他常引用「佐賀的超級阿嬤」用詞：「幸福往往是感覺不到的！」是這樣的意思吧！我看著老師在筆記型電腦的番薯藤即時通給他的高中女兒留話：「天氣冷了，要自己加減衣服。爸爸不在身旁的日子裡，你會從獨處中體驗更多簡單與直接的藝術品賞能力。高中美術班的生活好嗎？我想把讀書方法整理完後寄給你，這方法適用於各學科的思考，小學時教妳的讀書提問方法：為什麼？是什麼？怎麼樣？結果？影響？依個人需要把主題分類後，甲和乙的關係與比較，妳發現了什麼？如果這裡有一個主要核心的議題，那是什麼？」，這是十二月二十八日星期四，老師並未禁止我看他的私人心情，我瀏覽了一回，為他不捨，不知他多久沒和女兒碰

面了？我知道他愛著他的女兒。這令我想著星期一的第三
節國語課，原本是要平時測驗國語生字的，因為要默背出
八課的國語生字是需要一些準備時間和使用讀書方法才能
克服的，同學們吵著要以聽寫的方式完成測驗，老師也沒
多說什麼。

　　「你看，這個老頑固！」林語惠激烈地連說了幾句，
她也堅持自己的看法跟媽媽是一樣的，這讓她有著信心與
堅持，不喜歡這個老師。

　　「嗯！看得出來我有一些還有多出一些的老頑固，老
是事實，頑固也是有很多！」老師通常在這個時候的兩種
反應，是幽默的重複一些笑語取樂同學，或則正經其事的
做一個完整的說明。這次他卻不多說，只談出：「凡事都
有因緣果報，只能在自己當然的生活行動當中，反思自己
的生活實踐。道理不多只在祝福。當一個老師會有他思考
與觀察的另一個面向！」他臉露微笑地看看坐在離林語惠
一個位置的陳文音說：「文音啊！請妳坐著回答。老師說
對了你就點點頭就好。」林文音點點頭以示同意。

　　「生命和生活永遠都是一個故事，故事中有一條永恆
的敘述線正進行著自己的成長軌跡。文音在五年級的時候

一直都不快樂，很憂鬱、沉重的一個小女孩，每一天都在注意著自己的表現要很好，不能讓媽媽操心。她隨時嚴格地要求自己不要犯錯，要完美。老師看到了。老師不能動她或干預她的成長故事，有一些故事功課需要由她自己來完成的，老師只是一個陪伴者的歷程，時間到了，緣分成熟的時刻她就會像我們種稻的歷程，看見自己成熟的稻穗低下頭來看看自己的來時路，這是反思生命的智慧，所以有一句話說：『成熟的稻子，頭總是低下來的！』文音長大了！對生活的看法比起五年級時圓熟了，老師也不擔心了。」說到這兒，她們兩人相視一笑，眼神裡好似裝著一個神采的故事，這裡頭足以喚起一連串的故事細胞，我們期待老師說出這一個當老師的陪伴思考。

　　冬季校園外的人行步道，經過市公所的協助、設計與合作工程，有著一翻新的氣象，梯形與梯形的圍牆柱上，刷洗灰色感調子的礫石，牆柱與牆柱中間留著大空隙鋪上休閒木頭併成的木椅，冬天的紫薇科火焰木向上開得特別鮮紅豔美，它就在人行步道旁，我可以從三樓向下俯視它花朵姿態之美。木椅內種植一排百公尺的黃金露花，金黃與草綠色的延生，不久我會看見淡淡的紫色在這裡空間。

　　「六年級的第二個月，老師說出我和我的太太離婚
了。我告訴自己的孩子：『媽媽沒有錯！她永遠都是一個
好媽媽，這是不會改變的永恆！爸爸也沒有錯！我永遠都
是一個好爸爸，這也是不會改變的永恆！只是爸爸、媽媽
要走入自己的故事，所以我們用另外一種方式來相處、用
另外一種方式來尊重對方、用另外一種方式來了解對方、
用另外一種方式有距離的來支持曾經愛著的人、現在學
習著另一個面向的深刻之愛，可能是友情？可能是愛情？
也可能是介於這之中的一份特別情感？值得感動的是爸爸
的心靈中沒有留下恨媽媽的感覺。』當老師說完這一段摘
要的個人歷史故事時，文音一直看著老師，眼睛裡噙著的
絲微淚水換成羽化一般的透明，『原來讓我喜歡的老師也
和太太離婚了，原來大家都沒有錯。原來我們是在學習另
一種愛。老師的女兒真幸福，早就知道愛是永恆的。從這
個時候開始，文音心中的不解與壓在心頭上的繩結不再纏
繞在她的生活當中，她開始用一種思念與即時通的方式來
完成親情之愛。老師很少再看到她的沉悶，我看見清爽的
笑臉迎接著每一個腳步，我都默默的祈禱上帝，願上帝的
慈愛爽朗如陽光。文音妳說是不是？』」陳文音在這故事

中一直點頭，看看同學、看看老師，很陽光的這樣笑。老師也說：「這樣笑很美，像諾貝爾獎。」我常在導師室看著貼事欄上的聯合報讀書人剪貼，「圓屋中的小說奧林匹克」，這是何致和先生在二〇〇五年發表的一篇文章，上頭有報社編輯的一九九一年諾貝爾文學獎得主葛蒂瑪的大照片和馬奎斯、大江建三郎、愛特伍、魯西迪等照片，她們笑起來都很美，我想老師說的：「這樣笑很美，像諾貝爾獎。」大概是這一種笑容吧！

聽完這一個一年中隱藏的神秘故事，我想著更多班上的個人故事，沒錯！生命和生活永遠都是一個故事，故事中有一條永恆的敘述線正進行著自己的成長軌跡。

這一天的第三節課我們進行國語生字平時測驗，這次由林語惠主持聽寫，測驗前老師說著：「語惠！現在是考試，講話的同學請他出去！」說完這話老師便回到教師休息室，一聽到林語惠唸著：「一杯咖啡的『杯』和咖啡的『咖啡』。」老師從導師室衝了出來，急著說：「好啊！一聽到咖啡我就忍不住的開心了。」他又要逗笑了，沒想到林語惠拿著麥克風唸著：「講話的同學請出去！」一聲令下引來全班同學看著老師大笑，這是一件好玩的事，一

面可以看見老師鮮活的新表情，一面可以向老師的教師權威挑戰。他低著頭顯現無辜的低頭，像稻穗的禾黃，慢慢地走出教室罰站了一會兒，還不時探頭偷偷瞄著懲戒他的林語惠。林語惠根本不理會他，只在她得意的嘴角微微露出得意而繼續她的工作目標。

午間用餐時刻，老師習慣說著：「不吃肉的送過來。」

「老師！請注意一下你自己的行為。」我習慣地回著。那時我正陶醉在韓國漫畫家朴素熙的漫畫書「我的野蠻王妃」，男主角李信和女主角申彩靜說著：「『對待別人不能表現得很傲慢，要謙虛一點。』、『因為這樣別人就會覺得你很親切！』、『還有為了要讓人覺得你容易接近，要拉近人與人的距離。』、『成績要好，老師的話要聽，』、『這就是我討厭這個地方的緣故。』」所以我沒再多注意老師。當他正叫我時，我快樂地跟老師說著：「我沒有感覺。謝謝！」隨後帶著廖慧馨往後門跑，我可以猜得出來老師現在的表情一定是一邊笑、一邊搖頭的樣子在吃飯。反正偶而逗逗老師是件有趣的事。

2007年白佛言作序於台東茶語工房

目次

時間進行式
ING

相思

初冬，風冷

小店的紅豆溫暖著夜

排隊的人潮往來

暖暖的心田

品嚐回憶

暖暖的味道

暖暖的掌心的笑容

一點點、一粒粒

微微之心紅

給愛在微微的心田游走

我遠道而來，不帶著什麼

我從都沒有麼東西的地方來的

所以，一丁點、一丁點兒的味道

都足以令我手舞足蹈

都足以令我閉目

養神在完全的感覺當中

有時我會有淚

有時我會有歡笑

希望我有的，眾生都有一份自己

我聽到的沉靜音符

我看到的喜樂笑容

我飛舞的輕盈的腳步

我覺察到的神秘平凡

都是大自然裡的陽光微微

星星別再笑了

星星別再笑了
我在享受月光

一片白雲漂流

淡藍的青天

一片白雲漂流

一片黑雲走動

在深遠的淡藍

淡淡地如明如白

而空中而蒼穹

清清之淡之雅

象徵之上升之巔

虛空之無漂流之極樂

之群光的所有

妳說好

我們走向微微的都蘭山
獻上笑容
妳先說好

清泉

不食人間迷惑之煙火
取食塵間朗然微微之清泉

在家

我讀虛空無聲語

八萬四千指向心

微微道盡指月返照深

天清月明朗然在懷中

湖深之淵無紋無蹤影

一絲道途紅泉湧

明明白白直指應合之現象

在心中之心

我是一字一沙一微塵

凡夫腳下兩點深情彩霞光

凡夫臍下一點熱情返路途

我是一滴一水一海洋

汪洋川流虛空一片雲

清清淡淡微微之淡藍

沙門

何等沙門妄自推求

此中無物，無思亦無辯

我也和妳一樣

用一片青天釀成一只微來之風

飄過妳身旁的一次

默會微微

用一片雲朵織成一只微來之笑容

映在妳臉上的可掬的躲藏

如小鳥兒的腳尖那樣戲逗趣味

用一大片草原編成一夜微來之眠

綠在妳懷中的綠色草原

當妳趴在桌上不刻意地睡著了

我會懷抱起妳惺忪的微笑

放一首大提琴樂曲

陪妳在夢中傾聽妳自己

我還會準備舊報紙

讓妳自己典藏妳自己的不愛

然後，我也和妳一樣

裝作不知道

有妳真好

有妳真好！

默默撫個圓在心湖中央

如圓圓的月光

暈開的五彩之虹

天遠的、貼近的、我的心上

都有一個「有妳真好！」

梅林

梅林中

枝枒開向青天

千萬條枝枒掛滿纍纍的

滿天的白

潔淨的花苞

等待冬天的聲音等待著

無聲無息的輕柔舞瓣

展開的藍天與黃昏的山嵐此在

微涼的宇宙散了一天

與我這麼相近

千頭萬緒的枯枝

都從源頭而來

千萬聲翅膀鼓動的蟲之笛音

都從霞光的氣息中傳來

千萬聲爬上來的綠意看向未來

遠從這中心流露的

與我這麼相近

一朵早梅嚮往地笑了

藍色之眼

黃昏散開著遠方的天空

這萬千山嵐濛濛的

通向星空的悠遊

萬點星光，藍色之眼

延續著這片星空

星空啊！這銀河的

白蘿蔔絲帶的內心

是五瓣冬梅飄揚了臉上的粉粧

看向家鄉

從遠方的家鄉看向遠方的家鄉

這風浪跡的故鄉

以一朵梅花的淡香流過墓園

那裡歇息著最容易平靜的勞動

當一切都安靜下來了

才發覺一切均在走動

微塵啊！微塵

道說其中的微塵

神秘靜止的

山上墓園下的城市飄著
濛濛的白的城市
梅林在源頭中的
神秘靜止的白

喝那一杯自己如是

黑色咖啡在寧靜當中的黑色影像
是我？喝那一杯自己如是
心田上應召的每一個面貌
是道，是路上調出的影子
杯子的空白，是路
道途中消失之巔
映照著杯中無物

一瓣心思彈奏

冬風編成一朵朵

櫻花嫣紅的唇印

涼冬織成一瓣瓣

梅花白脂了霜雪

一朵紅蓮自天空垂落

一瓣心思彈奏起花瓣上的音符

用妳自己的音符游過綠洲

我有許多孩子

野地的一朵花

自由、解脫

悠遊自然的表情

沉思者的漫步

文字、雲朵

彩霞與青天與星辰共舞

初冬的名字淡淡的

一片葉落之黃在湖邊散逸

魚兒長大了

正可以有他們自己看著天空的姿勢

這樣的孩子有一首歌

繁殖對於他們來說

這是春天的一個名字

而愛情就是跟著我

用妳自己的音符

游過綠洲

掀開泥香

晨耕收拾冬季
一畝輕輕的足跡描述著
這清晨
風微微輕輕地
掀開泥香

應合

一隻魚兒唧著清水
不停歇地交談
翅膀飛舞的應合綠色水草
什麼時候會成為汽泡上升

春天的緩

春天的雷聲緩緩地
吹動天空的耳膜

時間跳起舞來

陽光從天空穿透
滑下來的、晶亮的絲帶
眼前跳躍著八萬四千個精靈
在晨間交談的眼珠子
海面上撒了眾多孩子求索的小銀幣
這裡可熱鬧了,晨間向後推移的
時間開始跳起舞來

任何一個帶來笑容的

別為我心疼

當喜樂自己

心中心的微妙笑容

祂從沒遠離

任何一個帶來笑容的

孩子都樂趣在此天真

藍藍的天一片清

清天清山

孩子般笑呢

藍藍的

天一片清

把妳交託在妳的音符間逗留

是該流下淚流的時候了

否則怎會知道

自己是獨一無二的行腳呢

聖杯從擁抱自己的靈潔開始

我不再為妳擦拭淚水

因為我知道

妳懂得自己的唯一

當妳安靜下來

愉悅地

看著自己

妳已然知道

我一直都在妳身旁

不曾遠離

除非妳忘記了

妳清澈之雲之絲

看著自己內心的微微領地

妳深深知道

我一直都在

妳心坎之極之深密之處

看著妳

所有的

不曾遠離

除非妳淡去了

妳晴朗之心之思

妳一定懂得

我已然把妳交託

在妳天真完全的手上逗留

每一個蘋果淡淡微香的臉

妳一定懂得

妳是會為自己歌唱的

牧羊女

妳是會為內心彈奏的纖細手指

生命之歌之舞之音符

光在走路的聲音

聆聽光在走路的聲音

傾耳之祕

同光合在靜止的笛音當中

當一切都消失了

似乎有一條路途

正在前進

人生散步

從枝枒疏密之間

望遠藍天

人生散步

上帝的眼睛

閃爍的聖誕燈
是上帝所有的眼睛在說
「耶誕快樂！」

笑遠了

夜中的紅菊
滿嚐深露
欲滴的花瓣
從四周微笑遠了

知了

一輩子的
知己
知道自己

深情之祕語

愛把她交回到原來的地方
把她交回到認識自己的手上

想法如水

我的每一個想法

都是主宰著自己人生的走向

這世界上再也沒有壞人了

我享受自己的腳印如水之柔弱

兩只白瓷一盆小紅菊

兩只白瓷咖啡杯

暢遊著初冬剛臨摹午前的語言

妳一口飲下那搗在掌心的溫暖

車窗外的籬牆上瞇起著眼眸

執著小睡片刻的大貓咪有了年紀

也從妳的心田得到啟發

坦蕩蕩的尾巴像偶然奏起

應合著狗尾草在冬風中的醉舞

像陽光尋著林中的路

來的那樣幽微的深酩之中

朗現著清晨撥開夜露成的霧靄

濛濛的光線幻化在路途上的

點滴心頭，或許我不深知價值是什麼

那兩張小書卡

怎地讓妳懷抱著雙只的淚流

好似剛拉開人生窗簾的一角呢

喜樂的藍色印記了心之詩情
和大自然的心紅葉瓣翱翔
慢慢地走上每一個晚安之夜
妳的淚水表現了彩虹

我在等候一個雨季
把春天說上

窗外的天
從星辰的藍眼睛中青了色盤
建築物把它的印象都塗上
淡清的蛋彩
整個宇宙剛巧睜開著眼眸
一盆紅色小菊花朵朵開放
熱咖啡的冬暖之境遇

沒有光明、黑暗

生命，有話要說
所以泉湧自深淵處
流露水之柔弱
生命，所有的一切
都是為我好的，所以
沒有光明、黑暗

心清一片天

心清一片天
群樹露新芽

心之紋理

我已把心交託

妳心之紋理

帶著自己

行旅大地的

音樂，所以輕輕

因為我懂默會自己

綠色交迭綠色旋舞

　　冬季初的陽光，在草坪上頭，駐息著旋舞。綠色交迭起綠色複印，每一天的每一個時刻，像妳，潛下的髮絲對眼稚童，驕撒說地：「嗯！好孩子！你真勇敢。加油！」詩一行記的淡妝之冬，生活漸次平穩下來了，日子，它們自始自終，都是綠色的影像。

　　牆上篩落日本櫻花在視網膜上的粉紅，我聯想著昨日往前轉進來看我的這日，能信仰是件勇敢的笑容，我帶著笑容的筆記本筆記，妳說：我還能有些什麼不平對著大自然給我的禮物呢？而妳的微笑正巧一般懸掛在裡頭，對著我映照。

　　我學習從日子中把妳看淡了，妳會知道的！妳會懂得「思念」這一回事端，把星辰閃亮著，把清晨喚得淡藍了，而昨夜的那半輪明月缺了什麼似的向上頭微笑，我知道只能把妳隱在每一葉底交織著隱喻想，思想深時便是我該離去的時刻，睡眠。因為我把「相知、相惜、相疼」看傻、看呆了，妳會懂得，眼淚總是從眼珠子

中冒下來的，我不記得從妳的眼中讀出什麼紋理來，胸臆
多舒朗啊！淚水把心田湧得清靜下來的微微，我簡單地知
道，明天還會有一個明天，陽光總是散步在陽光之中。

　　勇敢壓縮成一只微笑的腳印，像哲學書頁裡夾著的
花瓣，害怕日子從那裡消失般地，必需保存每一抹季節
在顏色上的對語。思念，我們說它是一件苦與樂的功
課，到底我是缺少什麼來著？教我如此無端地弦樂。

流動的空間

大地神祇的笛音

隨著隨著

呼息川流

悠揚的時間與空間

盪漾的位置根源有歌聲的

熱情與動感的生活溫暖

黑潮之深的潮音拍擊節奏

鼓啊！弦琴啊！

鋼琴黑白鍵起落的主旋律

飽滿著曠遠的草原

時間在湖中流動時間

而漣漪的空間由強而弱

而淡淡撫摸彼岸的回返笑容

消失天際的星星的故鄉的藍光

而潔白之境的光譜

而棗紅之珊瑚般透明

如一長笛稚童的臉龐泛著輕舟

如來的家鄉從田園綻開

兔兒菜小黃花群群交舞著微風

初冬的腳印如是在靜謐中的醇紅

露開了白雪皚皚笑聲的語境

小說從語言流動的空間千千萬萬

聲空中的徑幽

蹓躂的蟲笛啊！

心的故鄉酒一般透明

夜夜花開的

風在移動的聲音

這蛻去世界影像的少女

宛如閉起時間的眼眸

宛如大王椰子樹枝葉

夜夜花開的靜的本身

用心頭上雲朵片片的琴鍵

傾生在傾聽的彷彿

孕抱著絕對的姿態

像綠色植物的手掌

伸向陽光的依從

漂漂灑灑的

唇邊的紅霞

說了太多的唇邊的紅霞

抵不上一小粒純白的胃藥

畫了滿園色調的花

散閒的綠葉

一筆飽溢的素彩開啟空遠的天際

青天與淡藍藍的天邊是歲月

讓這園子不能言語的邊頁

陽光的碎語落在花瓣上頭

任由微風吹撫

朣體，無聲的空間

牙刷滲透牙膏的氣氛

水聲、玻璃、浴室

藍色透明的書之欲望

朣體，無聲的空間

從水管的弦月拉出

大提琴稱為學問的夜色流徙

筆的泥

爵士音樂亮到晨清的

光響了藍色

夜燈在東方爬上

黑咖啡的影底

一盆紅菊，一堆詩

一口哲學，一條美學

開向燈的佈景

在這倒映筆的泥土

群魚讀夜

一群魚讀著夜晚的顏色
月,落了山巔
來時路途的海洋照亮了陽光

躺在妳心旁

謝謝妳的主
要妳送來的聖誕禮舞
這是我所說的:躺在妳心旁
只一默會兒
我便清晰地見到:
那牧羊女輕柔之海的背影
聖誕燈一般亮閃所有的祝福
如星星的家鄉之藍
我決定,從此不再憂傷

消失了日子

讓我多看看自己一點點
腳印，腳印
低頭微笑的腳印
腳沒有思，印沒有想
一綠走動綠色的綠葉飄動
十二月日子消失了日子
像雪在陽光下

沒有思念的

雨下了初冬
昨夜沒有思念的
在今日
成了雨絲
自足地落下

是誰

是誰關了你啊？
鳥兒你為何在窗外
在窗外飛呀？
在窗外綠葉的
綠浪堆裡清鳴呀？

雨開始下了

雨開始下了
我就在冬季等這一回
天邊翻開下一頁的天穹
片片落下成雨
成流河之流
最終成了清新的氣息
最末隻語的一縷消失

葉露

散了一場記憶
停在綠葉上
葉露多時
為雨

藏了

有一塚黃土
藏了記憶的墳
風走過的顏色
不曾低語初冬

知音

我想把妳忘了

忘了！忘了！忘了！

我的想

把妳的淚

也放入我的眼瞳底深

滾著流淌

來了！來了！來了！

葉綠上的綠色是妳的

心之微細

大地上陶泥的呼息是妳的

每一個聲音

我都已習慣了這跫音的吐露

「忘了！」也是一個個妳的

微綻知音

散雨

這雨下了
雨的心間
可有一個個宇宙
微
風
頭也不回地散了
與世隔絕的僧人

最後一片羽毛如詩

把詩中所有的文字羽化

青天襯映底的每一絲微雲

微雲飄飄為心間的懷抱

青天藍藍為輕輕的衣裳

微風曾經走過這裡的

每一時每一刻

消失一片羽般的文字

已然成為四季的笑容

穿上這一群藍色的詩篇

多想是每一夜

綠葉之詩

為微微的琴聲彈奏

是妳！是妳！

手間的音符

把這最後的一片羽毛思念

如詩篇含在淚水之外

交談沉默

不管怎麼說
默會了
如同見面
交談沉默交談

歲月

閱讀一張臉拂塵
浮現文字的淚水
腳踩不碎陽光
歲月閱讀歲月

一點梅

萬千叢中綠草生

一點紅梅枝上啼

青天遠外虹光身

金剛法身轉無窮

浮印始終無造作

綠綠湖畔青青草

往那裡去

我往那裡去

行走苦難與救贖的長度

如這岸

如彼岸

想法

只是想法

創造存在的自然

喝一口暖流

在透明窗玻璃

濛濛地畫過

指箋滑出的索求

前往想像街燈

看這人群

影子的想法如影子

一朵花瓣親切

簡單地是

一個音

音符上奏出的旋律

童心是弦

風是綠色飄搖

氣息在葉脈裡唱歌

游走純粹是一朵朵花瓣

湧現是自由如是

這樣親切

小腳丫

晨陽舞弄微風的思想

這會兒是個冬天嗎

真令人懷疑

綠的葉影趣味旋轉

小朋友們在學校的溜滑梯

如思緒來來回回的小腳丫

如風的樣貌

旅行溜滑的午後

深夜曾是與我

他們的腋下夾著笑容

總是說生活要好好地工作

夜深在十一點鐘

休息在酬賞的喜悅中

腳踏畫過這一段路

深夜曾是

對話與我

與夜風之語

回家吧！壇城

稱一稱觀念的重量

我沒有聽得見

一株草露為枯萎而不歡樂

再也沒有了

再也沒有了

一朵野花在礦原

沒有因為烏雲或藍天

而綻放花瓣微笑

它們始終如一

沒有歡笑沒有憂愁

沒有生起與滅亡

它們隨順流水

過去而過去

趕快回家吧！

回家吧！

日子鑄刻的有迷有悟
就不叫喚為日子
時間想告訴我們的話
就是流水的象徵
我的腳步如一夜花瓣
起落如流逝的水
一株綠草的背後
沒有眼淚

原諒詩行走

請求我的觀念原諒我！
雖然觀念是一種負擔的
卑下與高尚
如雜草叢生蔓延一般堅強
如抓牢泥地的草根一樣固執
雨與微雲與青天
能讓這一切輕輕
搖擺且淡且清地
如飄著的藍天

詩的詩情在原諒詩吧！
像小孩兒取鬧的無理本質
當初是個什麼樣的初心
同意詩這麼做為詩人的消息
風行走在高空
風行走在平野
詩人行走在行走

拆解的表達

我背叛了詩人的行列

詩人是為拆解苦痛來的

我選擇苦難是為著映照

上主的聖潔心靈嗎？

這苦難是因為見瞧眾人在苦難的

不能解脫嗎？

我還能呵護什麼

是什麼力量讓我堅持走下來的

我不知道，不知道

不知道走了多少路途

路途依然在前方

難道我在等待一扇門一扇窗

是我用心上的手推開的

見到你我已心滿意足

如果我是你

我們都用自己的方式

表達了自己的生活

沉默的孩子

我是個有資格沉默的孩子
我想我還能再說些什麼？

文字的唇

黑夜的邊界不太乖巧
海的空白
呼吸著海洋的榮顏
抽象的城市在遠方遠地的草原
孤獨同自由同在一個時間醒來
每一株花都有它的名字
每一片草都有它的綠
鳥兒從水中飛起的水花滴滴
像風的語言
沒有文字的空氣在唇間

遙遠這兩個字

傾聽秋的顏色音符

冬季柔色的音從葉落之間飄下

筆觸知心的中間地帶刷起

腳步痕跡的聲音

微風是一個皺了紋理的船夫嗎？

在心湖上搖呀搖地輕吟

漣漪上的琴鍵

心底頭的窗簾為起落的弦

慢慢掀開如陽光剛翻開初晨的微笑

音符和音符等待的無限靜默空間

遙遠這兩個字存在

生命中的顏料是什麼

我可以嗎？

如果我拿得動時間
請告訴我你的軸心之輪

如果我拿得動觀念的溶液
請傾聽我細訴蘆葦的滿了秋白
花絮浮動片片秋影的雪
冬季葉影著陸的草香還清新
山鳥把握時間的枝頭上
用鳴啼山野的清醉換來頃峨間的蘇醒
陽光在對季節搔癢的請告訴我
你的滿綠何以如此春天釋放
我可以問流水嗎？
喔！不了！
不了！
流水不停留四季的驛站

燈顏色的回憶

燈連接著亮起的長河

長河成了時間川流

平野下的每一盞燈每一種顏色

每一個時間的故事都是歡樂

每一個駐留的故事都是淚水

含淚的微笑裡

燈呀！你又說話了

說成了夜晚

夜在銀河閃亮的筵席當中

時間耀眼的拂塵

破曉之空間是無限的告白

燈光連接著燈光

時間接綿著時間

空間雲霧一般白的如如

影子只是曾經剎那

被看見的影子

閃過的一滴朝露

點點滴滴成晨，成我

看著妳孩子般的臉

見面禮

本初如一迷間出
福田宗師秧苗種
微風頓來禾黃熟
米已成粥嚐如是
川流恆河法身佛
無沙無住幻化心
心心不停佛面佛

微微握著陽光

讓夜衣睡眠音符的花朵上

讓音符的腳尖輕揚地

點入心田上

像播種的鬆泥

微微握著種子

握著陽光

等待放開手的瞬間

脫下裸棗般的衣裳

赤裸光溜溜的粉白色澱粉

綠色就來告訴我們

綠色的隱喻

花朵飄灑先知

夜色音符翩翩寓言

我的手禮讚妳彈奏的琴鍵

黑色隱喻白色先知

滑動著暖洋中的光芒都是敘述

行走在另一個

妳基督之心的田野

滿懷生活躍動的花園

眾人之心的開敞

從遠方的另一個山的遠方

我也開始行走在另一個道途

與會盛筵

遠方的遠方

戀愛

談戀愛

讓人看見

時間消失的美麗

憂傷者不再憂傷

像熱沙中的腳印

來不及思想

落葉的聲音

夜晚在傾聽春天的空間

我也想到那裡去

世界時間吟啼的窗口

藍色通向光亮的音符

水流潛入水流的石階滴落

一株鐵線綠厥的彈奏群樂

據我所知我在出版知道當中的不知道

我將到那裡去森林的林間幽徑

雪白色的杜鵑花在昂首它說著話的花瓣

一群蘭花的葉尖伸向無窮盡的天際

那粉紅絲線的手正如舞者敞開的翅膀

天使正低著頭啼聽成片成片的草原

綠色綿延的大地之窗

窗對話著窗

綠色漾舞的對語淡藍的深深靜寂

沿著詠唱光的純粹在海面上的清晨

節奏的筆讓遙遠的有了遙遠的表達

誰能明白空間的本質

誰能明白未來的意義

誰能握著無法間斷的自己

我跪下來！

聽呀！

聽那引導我的天真的幼童的眼睛

我是怎麼認識垂死的軀體的

我是怎麼聆聽花朵迷失在花香裡的綻放時間

我如何走向每一秒鐘的沉默時刻

當兩個人的影子從祈禱中衰落

當心靈也有影子的瞥見揭露的

隱祕看著秩序的漂泊

我再也無法用知識認識

一朵花從來沒有名字的隱去

一朵花從覺醒的琴中掉下種子

以耳朵的深度旁觀

迂迴在酣睡邊緣的死去的命運和死去的人

拆開塵世間的面具的拆開日子
拆開語言的手足與逃遁在究竟的行列
開始的綵帶與用距離計算往昔的童年
淚珠中心的微笑
啊！讓這危險的已然敘說落葉的聲音

早晨傳來的方向

用眼睛傾聽早晨傳來的方向

用心靈去看晨歌在鳥兒喉底鳴囀的趣味

用腳步去飛翔白雲的游絲飄飄

用棉被掀開窗外片藍的青天

這天有陽光在林間散步

孩子們都笑著說：

怎地？

冬天的尾巴嘟嘴地掉滿地了

隨著春天

妳可曾聽到遠方的聲音

在遙遠的遠方有個心靈深處的話語

正對妳說起陽光與微風在大地上的琴瑟和鳴

蘭花的葉片投影在白牆上的更為柔順

細長的形象認識它

這影子之前的更為清晰的

綠色影子曾經直向天空陽光來的位階

那光束核心中的影子又是什麼形象

這有如讓咳嗽的冬季尾端

有個深深的影子隨著春天

有一種愛是

有一種愛是

用咬的

用逗的

沒了陽光的位置

更能看清楚它的形象

沒了陰暗的位階

更能明白這些都是如此的表現

燈光的城市許多寓言在前進

燈海之外的黑色天空

浮雕著剎現的煙火

瞬息的眼睛屏住呼吸等待

有一種愛是

寓言

向海浪的話

酒有它的醉

醉有它的應合

向海浪的話

在岩石上傾耳祕祕

聽水為思

聽塵為風

聽心為笛

聽不住的本質看見

這如此的一切

這弦這笑容

夜晚的一盞燈為佛
白晝的一粒陽光為花朵
樹上的一個個間隙為青天
青天的裡頭一片片微雲
故鄉的蒲公英彈出沉默的弦
這弦的音符成了微雲的笑容

聲音

回憶懸在秋千上
像波浪諒解了沙的溫柔

十字架

山櫻花在金針山徑

坐了一個夜晚

坐久的晨露隱藏了笑容

那紅紅臉頰的微雨

怎教人放得下回憶的文字

在此飛舞滿天的面龐

上帝的祭壇流下來悠悠的陽光

是妳的裝扮裝滿了一個過去

描寫滿金的夢幻隻影

時間開啟了春蟲的十字架

提著月影

提著月影回家嗎？

湖上的曉月？

我來過這般

翠曉上的串珠

又是一個點綴的故事

又是一般剛揚起的衣袖的

曾幾何時

我來過這般

這般的落日棗紅

放開我呀！先知

我依歸在妳開過花的種子深處

依歸了內心的紅

沒有人注意到

沒有人注意到

枕邊流下的眼淚

是清晨從夢中醒來的光芒

我怎地還在

這一句畫裡

在這一天當中的當中無法隱沒

向落葉葉落下來的秋夢

替換了禱告沉靜的穿著

花朵

天使用白色的翅膀

採擷上帝在笑容上

掉下來的花朵

妳懂得歌唱

有一則格言是這麼說的

如果祝福來自妳的歌聲

妳的懂得歌唱

如果妳慢點兒走

我便向前飛向光明

用微風把陽光落在妳的詩上

霞的徘徊

你的腳不知落在泥上嗎？

低了頭的落霞

思索海霞的徘徊

遙遠的一杯酒

遙遠的一杯酒
低了言語
滴下紅紅的憐憫
那教戀人垂醉的弦
響了酒杯

妳的歌唱

當初在花架上的花朵
安慰著星光所有的神秘
當初浮面而來的像和平鴿
飛出潔白的晨鐘
當初妳的手向著白帆影
走在我皺了紋的妳的歌唱：
小小時候有一個喜歡
喜歡天是這麼地藍……

黑貓舔著白色

一隻黑貓黏舔著白色
清晨
樹下無人
牠的張望顯得假日的幽靜

摘下晨風

摘下一片綠葉上的晨風
送給笑容浮動生活腳步的孩子們
唯願幸福與上主同行
光的戀中游走音符

無題

（一）

天空無窮的希望永遠擴展著遠方

白晝閃爍著夢想滋長的年輕

創造者以這禮物把我們雙雙吸引

山間的眾多小徑綿延著朝聖者的步伐

森林交接著深林的守備舞蹈翠綠

透徹了的泉水湧現來一個琵琶湖

那美麗的風盛開的漣漪和太平洋

不斷喜悅的笑容懷在心頭

（二）

誰接收了聖潔的邀請

誰賞領了明淨的參與

在我頭上掛著的銀色和銀色的對話

我昭示著自己的未來

抱著妳如亮閃鑽石般的陽光形象

我曾深深在夜

（三）

之眠與夜

之醒與親切

從妳的敞開當中

我完全進入妳甜蜜的光芒裡

不再躲藏妳的懷裡對我的一切

撫慰向著音樂醉入陶醉的旋律中

如一簡單的葉落

還在空中閒晃戀曲般的華爾滋

要好好地在大自然中持著熱戀

向敞開的陽光一般熱戀所有的熱情

（四）

眾花之美妙呀！

眾樹之天際呀！

要好好地在季節的風中

持著傾慕向清滑的水流如是

ING
時間進行式

093

清涼著所有的涼清之審慎仁惠

向出浴的臉脫了肌膚語水對唇

向歡樂的雪山之雪溶了我的思念

（五）

綠色的群葉在冬風中

盪呀！歌呀！

窸窣的低吟的曲子存在

銀亮的熱戀深處，誰掌握

這時光的移動著

風又起了

剛冒上來的綠花絮飛揚了

翠綠，手牽著手的爵士情歌

從冬季的默然間正穿向

春的蒞臨

（六）

飛揚呀！飛揚呀！

我的心田正波浪翻舞的泡沫傾瀉

在礫石間裡的淡淡鳴吼呢！

無限的暢遊呀！

是雲的故鄉的草葉芬芳

毫無極限的無框架呀！

是雙親懷抱中的自由展現

是這心！這心！

小小的祈願與有感的恩典

帶著我！

伴著我！

我體內的光芒由你們賜予極樂

（七）

這個肉體推向死亡前進之際

我置身何處？

我的能感覺的一切美好

剎那的瞬間消逝了

了無蹤影

這個肉體已然宵禁

在大自然中的除名

在泥中的第一個故鄉

也在消失

如時間走在黃昏之末

黑夜了！

我的能思的

我的能織的

呼息著

不復存有

那什麼可稱為存在物呢？

我能追憶年華的運思體

無法尋思過去

因為它已在時間之外

無法索求未來

因為它已斷絕

在結束的

（八）

在也無法從現在當中瞧見什麼是真實

因為宣告已經發生在路的盡頭處

那真正的行動實踐者啞口無言與對

淡淡的當下夢影中的淚流裡

不應有淚，因為棲居形象中的當然

是個消失者

因為祂的宣昭從消失開始

行走在消失的時間、空間之外

向著落幕放下的垂簾

（九）

垂落觀眾的遠離

觀眾席上不再有任何之物的寂靜

空盪盪的掌聲在消逝之前即已消逝

消逝者消逝了

還有誰在帘幕之內旅行理想的道路

和靜默當中一樣沒有任何腳步聲

所以沒有任何迴響可再收拾行囊

我是誰？

沒有人可再來昭示出

我的名字？

我的形象？

我的無法再向前追著跑的朝露？

融入昇華超越的光裡

（十）

是誰？

是誰？

與我照面的是誰？

告訴我！

告訴我！

我知道沒有人可以在場告訴我！

我是誰？

深刻這棲居者的是這樣深刻

看見沒有什麼可直指看見的

相信聲音消失在語言之中

仰望微塵消失在光芒之中

慈愛著裂開果核流出來的見面

（十一）

時間這個心靈的神秘面紗

空間就是

時間與空間交叉的年紀就是觀念

觀念是一種重量

當觀念是陽光中的光體

我便住在那裡

沒有一切當中的存在

像夏天活在夏天之中的核心

有關於這道聽與途說的總不會是

默會季節看見當然的歲月

（十二）

有一個地方記不得了

卻顯得十分愉快

像活潑的山中向下看著的遠方之最

葉片片移動在腳步中的言語

靜謐的單音連接著靜謐的空遠

音節與音節的潮間

整個人被聆聽

最完整地記錄著

在我身旁

大葉欖仁樹的紅葉深了冬

陽光為她點妝透紅的初衷

草坪綠得遍野嫩芽

兔兒菜花置身暖風其中

唱這樣滿懷翩翩飛舞

隱而不見的祈禱

這孩子的純粹與什麼為伴

像輕輕抬起頭

我們默然地發現一片天空

最深的根源

不知你會不會在我身旁

把未曾看見的讓祂成為夏季

紅葉呀！妳的影子！

妳把一點點的自己

用欖仁樹冬末的紅葉飄下

秋深了影子呀！

滿天的微笑！

滿地的紅葉呀！

滿滿的紅霞的顏色

妳的影子！

人生之路像晨

死者的聲音再度響起夜深

逝去的形象從不知名的方向前來

是誰看管祂們的意義的

呼喚已在這一切所有當中表現

自然界曾不經心地穿著祂們的形象

帶著祂們彼此用心攪拌中的瓊漿玉液

一飲而下這如酒之霞光

可以感覺得到

感覺得到

呼吸間都存有著

這股香氣從細胞中漫開

人生之路像身上

未褪色的紅霞之晨醉

時間進行式

ING

最後一季

走過許多街燈的路在夜

自己一個人行腳

腳落下的夜聲

聲聲如初春

紅葉之落痕

不是我不想入眠

我想我想沒有像自己

這麼相信自己的真摯

站在淡水教堂的畫中

有一個聲音

卸下身上最後一季

消失為存在的

死亡為再生

要說上什麼呢？語言啊！

離開最心愛的人

是何等難能之事

遠離最珍視的朋友

是何等孤單之旅

抽離了所有的祝福

開始知道自己

一個人行腳的微風與大地

如何對所有的人啟開話語

自己一個人走在這路上

只有滋味明白步伐

攤開雙手

要說上什麼呢

語言啊

祈禱的果子

成功從來不是偶然

它帶著許許多多的幸運

它帶著眾多祝福般的祈禱

它是一則則禮物

放進來的果子

弟弟的詩

你的腳累，台灣寶島。
我們停在高山上遠望的眼神，
海邊到處層層的島嶼，
我的心思織成的小島，
神采當中有我的老婆和孩子。
你知道我殘障的雙腿有
白色的沙灘，
怎麼計畫沉思裡的家園
一句減法減去生活的向望
謝謝
要出頭須知理頭，
我理平頭染上金黃色
Ficlo Did

和風說話嗎？

苦楝樹花三月之季的淡紫

和風說話嗎？

這舞姿的節奏從風的言語開始嗎？

這午後的暖陽從西天來的親吻著自己嗎？

這完全交託在光的懷裡的從季節伸出姿態

綠綠的盡情的文字初放

椰子樹梢和風相擁的是綠色的戀歌嗎？

綠色的聖果向搖擺枝葉狂歡的舞者呼喚

風啊！歌唱大地呀！心的位置！

陽光啊！歌唱躍舞的肢體呀！朝聖著

內在之我啊！

大地的細胞湧開隱喻意象的風之音階

柔軟中的大地衣裳

起伏的小步舞曲通向
歌曲中憩息的長笛之歌

像朵朵白雲開了潔白的
花瓣從高空俯瞰
無涯無際的
藍色神秘
和風說話嗎？

明天的明天

為什麼明天

還有

一個明天？

夜風對我

說夜話。

消失

樹淚流的乳汁
白色如鐘塔之聲。

遠方的密語：
向上擴展以致落入
耳的坑道，
傳送臉之紅之溫熱

眼眸亮彩清醒了

記憶的消失。

投影

天花板，白色引誘
記憶空中
朗誦記憶，

聲音在室內旋轉，
找不到出口，
出口是一張張薄薄的紙。

過去的會來，
像色彩在白紙上，
未來的也在此離別。

有一組一組的符號
正在書寫符號。

有誰不知

群樹之花
脫下色彩，
綠色果子
為告別書寫

秋天。
誰不知？
秋之涼之成熟的

醉落。

花的密語

請注意花開的音響
沒有更微細的秘密
在這當中。

樹根盤旋的氣息
上升之巔
便是我和妳
再見面的發生。

當妳被輕輕，如風
鬆手般的手指擁抱後，
你只能知道展開的氣氛
與陽光的慈祥，
如何熱得清涼？

展開！展開！
花瓣上的笑容。

上下之中

誕生，
落地的失敗感
長起芽來
和風打聲招呼

即已走上下一刻
誕生。

時間進行式

ING

紅的饗宴

水，短暫。
沙上鏡影，一片
生長思緒的浪花。

退潮曾經
現場上的記憶
聲響，反覆黃昏
由彩霞抒情

沉落之前的
那一顆
字。

休止

聆聽休止符
在靜脈中的喜樂。

慾的蠕動
交託氣息回信。

唇的禮讚

拖過地板
遺忘發生過往的
太陽軌道的痕跡

夜的輕微呼吸
是對白日
黑色雙唇的禮讚

夜之偷情

穿過那紅色小門

欲望的夜更深

暗夜心臟蠕動乳汁

卸粧白日計畫

跟隨笑顏逐開的身體

讀那散文

來一首蘇格蘭民謠吧

夜之偷情之語言能力

向夜低頭

當你問起為什麼夜晚會有發酵的涼風

是你那內心的星光亮起如明珠

當企圖的視覺效果從日落隱退當時

詩的寂靜在夜深的周圍沉沒

人的沉默也向夜低頭

在散開的心間

所有的抽象具體成一個詞彙

直接漫步空白語言之途

比現代主義還深的波動哲學

簡約成一個字

風之唇吻過

用手拈來一紙

風在密室對嘴

對起陽光的酵素

滾動溫熱凝結的

生殖輪之火

如煙上升

心之涼之氣息

開放自由主義的藍色

與紅色相會合的回聲

沉靜插入宇宙的秘門

旋轉傷口的時間

而時間已在遊動當中消失

消失成裸露的聆聽者

飛翔的穿過第一棵樹流動的紀錄

與笑聲翻開那一頁

風之唇語

細胞、陽光之語

散裂成一堆細胞

貼入海之藍之乳動

在海之中的深藍密旨

隨它而來

隨它而去

搖動的心中開展了滑溜的

往事，如酒

醉成沉醉的光芒

在細胞核心的程度

如風走進夜的那一口

書寫位置

如過有遺忘

那呼喊的是陽光之醒

轉身過去的如同未來

最後一次的語素

孩童的臉

多靜啊！
夜風、晚蟲
孩子在夜底鬧起
月光的呼吸
嬉戲的大海同在
這個歲月裡的
時刻，不被盯看
到達另一個遠方的延伸

生命的隱私權
不在為遲疑圍城
孩子笑來的聲音如鐘
在教室投降的腳下
在相同的記憶影片播放
暗夜的燈光

多靜啊！
孩子睡的臉如歌

六月、七月

蟬聲，

六月無風

無影，橄仁樹下

一群烈酒用天空釀的

生生不息穿透

蟬聲，追蹤

樹下躺著的那個人的眼睛

到底是到哪裏去了

七月獨奏的旅行

蟬聲的笑語天空

送行

蓋起一只囚室

永遠的閉關與暗房

獨自自己一人躺在自己當中

送行的樂器與人群的哭聲

成了穿插的錯誤

山頭上的草是綠的

因淚而茁壯

靈魂是度假者的永恆

看我的

為日後的句號溫書

沒有

進入時間之中

消失

進入蒼穹之國

消逝

爐火之煙之昇華

觀眾喝采的沿著邊緣走丟了

它們問我說：

天亮起燈沒？

沒有聲音回答

界線

我們多久才會

與前世的時間

會面

用來世的轉過頭來

看向現在

這極樂之巔之藍

信息

另一個我

像信差穿過

每一個看著

手上信息的綠色隧道

草花在淡淡的風中

交易夏天的顏色

海浪呼喚著海浪

藍色的鏡子看著藍色

一群魚在繁殖後躍出水面

信差如鳥飛走

從海風指向的地方飛走

夢這一回

一張假單

在綠色軍人的手上飛起

如鳥之鳴唱清晨

囚禁的過去

像個醒來的夢，需要

一張批准的證明

當我蓋下誕生的郵戳

浮水印的人生地圖

不斷進行修辭

像夢這一回

睡眠與夢

我走了
睡眠的你
離走
是自由的小提琴

你見不到我的存在
我是你夢中的睡眠

走吧！

你把這帶走
當作盤饞
朋友伴著的影子
對我說：

日子在島的途中
嘿！走吧！

路子

這一段路口
那一段路口
開始的正在逝去
結束的正在發芽

這裡有滲透的喜樂
自面具深入
更深入的面孔

這段路了
那段路子
不再空洞的同在一起
演奏呼吸

主義

向上挖得很深
掘路的工人
把道路翻轉方向

一處真實的隱喻

從相信的主義通過
早晨我們都得承認
一個故事航海圖上
有燈在海上亮起感動

堅信如種子而非情節

美好的安排

讓我再做個失敗這啊！

正常人

讀不懂正常人的行為

怎麼回事

停車場客滿

網內溜冰場中
一大片空出的位置

眼神

愛情逃脫的美學
眼神望向另一張臉說笑
哀嚎力竭的電話線抖動出

嘴唇

分享片刻嘴唇
木麻黃在夏天
乾燥的哭泣

雲卷積在藍色遠方
島嶼上頭孤居
嘔吐出白色的天空

部落

手指間飲起食物

無題

行道樹被標上記號

種入泥地

研究生對號入座

紅色燈塔飄浮著

草原如風

黑色之情海

愛情從面具下
逃亡的現實

抓不牢的夢
在人群當中
讀取空白

一紙情網逮不住
黑色之海
一紙夜網逮不了
透明魚缸中的游動

跟著

別跟著詩人談戀愛
夜的書寫正長出眠床

雛菊從陽光灑出浪花

無言山丘

你我交換隱喻眼神
草原中孤立無援
你愛我的只能暗示
諜報人員的幽默
眼神爬坡綠色

通向天空已失去了
你的地平線
逃亡已預留下一頓晚餐

滴滴之語

橋下鏡子
花朵在天邊嘻笑
風的試卷紙

路標的下一站
誰會停下愛情

紅色斜線禁止
心靈傳達的滴著語言

天氣

天野出性子來

夾住雲朵毒打

旅行

旅行
一朵花在盆栽之中

下雨了
別給我雨傘

詩的扭力
在風中唱歌

窗口的海景

鳥從草桿上飛走
雨急得打落一群水花

孤獨大地的泡沫之海
秋千吊索者的頸

海洋在窗格子上
說忠懇的話
未屆齡的孩子
喝下一口黑咖啡

另一個眼神

白色泡沫遠方的
另一個國度是誰？

綠島的微藍
阻止前進的眼神

藝術品

命運這樣
消逝季節

大理石雕刻水紋
獨站草原廣場

詩情

詩的扭力
在風中歌唱

行程

夜燈從遠方流下青春
行道樹加深了綠色

車敘述的山還遠呢？

夜呢喃
做個有規矩的孩子
名字寫在博物館的柱頭

草原之語

草原的語後

小女孩一手大蘑菇

舉手歡樂

跑向爸爸前頭：

「這是掉在地上的喔！」

她們不知

還害怕著什麼權力？

色彩

遠方的朋友當選

民意代表

屋頂上黑色瀝青斑剝

飛揚草沒了思想

向陽光揶揄

雨季來了

一對母子
對得起雨天說話

呆在一旁的傘桿
切高視線下
思緒長出花朵的地平線
天空一般遠

陰雨天的話長
你的話背向海洋
從雨中跳起一首
閒餘的水花

上帝

橋下水流
自由說話

節拍器
計算鐘聲裡的

上帝的靜止

羊的咩聲

大山下一座矮屋子
向海洋唱起獨立運動

羊的咩聲走入室內的
一首老歌

蒼茫奔出舊的腐蝕

客居動物

煞車燈喘息的城市
趕著到天明的人
保持不把夜之痛帶給愛人

時間拿掉指針
無法思考的太陽
招牌下沒有客人往來

紅燈亮著簽約
逮住沒有名稱的客房

祈禱

星空被誤解

閃爍其詞的說明

改變不了地球的轉動

一做堅固的城堡

從夜晚的脆弱中倒塌

愛人的成為塵土

乾渴的土地滋養了

我灌漑祈禱

為什麼愛我的

歷史的傷口

黑夜罪的舒坦成罰單

當個失敗者吧！

遺物

鑰匙打開一片黑夜
在葬禮的同時
影子消失

一叢花束
翻箱倒櫃的自首

單身

我的肩膀顫慄

有一女子
在那兒哭過胸臆的人兒

蛇戀

用身體的躁鬱症
讀詩的天空

尋找愛你的理由
尋找愛我的理由

不得善終
風兒輕輕
林間的門正打開
憂鬱
蛇一般險徑

乳娘

枕頭下
母親流著
乳香，

我在那兒
酣睡

交響曲

一堆書夜晚翻過

瑞士刀冰涼地

割裂氣息的乳汁

命運從琴鍵上的手指僵持

不可言傳的苦衷

對烈陽誤判

下一把棋弄散了

傾聽的頭髮

依賴說謊才能

讓自己活下去

魚對河流的一條理由

小孩兒

打坐，
大門開向白天
黑暗鑽進來
尋找一朵燈花

屋裡的人睡了
躺在白日的身軀倦的模樣
柏油路上蒸發熱情到處說閒話

孩子在課堂上
擠著黑板的方向舉手
草原瀝青未能全乾
我靜坐童年多時的一點心得

臉譜

音符滾上幾圈
那張相片鑲著

一張雲樣的臉

寄居蟹的笑容

一線魚鉤拋向一片藍色
彼此尋覓欲望的本能

等待從肌膚上垂釣了太陽的顏色
一對小女孩只喜愛沙灘的城堡
彩霞為堡壘塗上色塊

沙上有童話的金色光芒
寄居蟹準備在夜色上集會
它們計算潮汐
如計算人群離開的寂寞

它探出頭來為嗤笑沙上的腳印
如月光走了早晨又來一次大集合
咕咾石坐在岸邊任一切轉動

蟬在夏季

竹林綠色
光譜的漸層腳印，
移動風的功課表，

上課，
天空下的綠葉群起
晃頭晃腦的舞。

如蟬在夏季的聲音，
翻過每一片天空。

研究者

很容易消失的癮
浪潮退了幾步

浮上來更堅硬的底層

當真地玩

天剛下了一陣午後

一群孩子
在水泥地上溜冰

玩耍一種學術論文

習慣

浪花向岸邊討債
一張無盡的公道話

習慣的習慣的假日

閱讀天穹

岩土混在沙中
水的鹽分跑過來
熱吻短暫

翻閱幾回天空的海燕
獨自尋找認識自己的經驗

低音貝斯的浪人
用牙齒咬住海風的味道

疼惜

記憶
萬物
母性的運動

慈顏

佛是什麼

淚水

遠方

上帝

我的過客

海面

禱告弧度

走向

紅紅的果實
停留在你我之間

手提包的拉鍊
一拉開這道塗
我們之間的曾經
即攤向兩旁

夜色之路

一杯黑咖啡
飲一段夜色之路

路在黑暗之中的月光

承諾

海灣的沙上男孩在玩爭吵
浪濤對沙灘所做的一切承諾

重疊再重疊的午後下午茶
沙到入海的杯中

沉澱晚霞的影子
越過山頂的最後一個笑容

尋找證人說出
夜晚追求月光

日記

夜晚關了燈
心頭上的人亮了起來

月亮關了盡頭
陽光從這頭送走
情人的日記

發現生活

如果他追求物質
那他的痛苦來自物質

如果他追求精神
那他的痛楚來自永恆和遠方

如果他追求平靜
那他的痛遠自於宗教

追求一再發現生活
我們說上故事
與故事之間的食物鏈

相處

付不起夜晚的昂貴
忘記的時候
我已經走到目的地

我的內心世界
比自己多了一份幸福
和自己處得來的平常事

在天空

在天空
在天空
我愛的世界如酒

每次我都在星空中
驚醒一首音樂
深深的深夜
易碎了早晨

破了殼的黑暗
有了懷孕的聲音走動

笑容

每天的下午七點鐘
天綠得帶點微霞的布幕

幾個打槌球的老人還在
灰黑之中爭取搥打
自己的成就感

她們夫婦的笑
像海面一樣

書寫

一頭獅子在上頭怒吼
潮浪背面的彩霞
恬靜地寫著書面資料

燕子嚇呆了翅膀
月亮是躲到那兒去了

幾隻流浪狗在海邊
欣賞自己沒有主人的黃昏

人生

許多人生
坐在夜燈的邊緣
不想再走

聽中低音的歌
繞過街腳
因為著迷夜風的腳印
如著迷在白日的銀幣

節奏的歌

詩頁被一灘凝結夜色的水滴浸漬
飲料我斑白的皮膚皺了年歲

一首快節奏的歌叫我再年輕
用非比尋常的時間
加入夏夜的冰塊

童言童語

海邊防風林
沙的小道上
二個小女孩追著跑
蜿蜒的道途：

「我們跑到前頭去等他們。」

這世界有誰會在前頭
等著愛情的天真

曲線

魚搶奪食物
曲線優美的衝動

詩人的筆很多
夠到凸顯他的無能

童年

不記得太陽
處在童年的味道
草原上風
在雨季中的霉味

綠色之間冒出
吹泡泡的蘑菇

相信而已

蟬殼裸體的時代
夏初年華
泥地底集體湧開洞穴

樹的底部爬上來
同時裸露的淡黃色
不鳴則已的昆蟲

陽光如它們的上師
在它們身上授記
黝黑與透亮的羽翼

每一點夏天的註解
都令牠們著迷般地叫了
如對宗教

往生的季節

腳底下
我沒有出生的日期
也沒有死亡的時間表

母親與父親
會合在我腺體上的
紅色與藍色
乳汁穿透所有靜止的時鐘

響亮的一口鐘聲
我即是出生與死亡
與傾洩的乳液

夢之語

孩子轉了幾個身
還沒睡

她們的肢體語言
有媽媽的夢

霜降時節

秋天打聲哈啾
落葉便離開了夏天

冬天緊跟著說話
說上無數個
沒有溫度的話

蔚藍

從東日到西日到妳的歌
從陽光到彩霞到妳的胸坎
我順著太平洋的水
到台灣海峽的妳
見妳從藍光中醒來

從綠光中睡去
睡眠中的巨大星光
在歌唱藍光

陽光蔚藍的笑意
妳可知
夏天的路程如此藍色

情人

情人

跳進

心坎著漣漪

漾吧

平靜的風

顫動

魚兒微彎尾鰭

顫動不停

交流的

水之紋

清晨

一聲亮麗
等一下又一聲
清晨掉下來
鳥鳴瀰漫

空谷

竹葉搖動
白色的叫聲

上弦月

我坐在

上弦月上

等妳的

笑容

夜深

夜深

把妳聽進音樂裡

愛情

妳走進這裡

留下身影

鮮明的眼睛

等吧

我會在那裡
找到妳

我走在開始

我離開的時候
我對這
充滿感激
我來過
用全部的自己來過
我終於學會人類的反方向
來通過自己的看見
舉個例子吧
我看見愛的湧現
無非自己而非對象
從現在時刻開始
我走在開始的開始

懂得去愛

如果我是最幸運的孩子
那是我懂得去愛了別人

不立文字

如果這一生我學會了什麼？
我還能說嗎？

說話者

在實踐付出時才會看見愛，
從自己走向他人的唯一道途。
這世界連街的縫隙在此說話。

觸動

閉上眼，
有淚留給妳，
兩滴觸動。

憶

回想起來

深情

深情無語無情

胸懷

愛，找到那一個胸懷

舞蹈

一手音樂在黃昏前的室內
旋轉，持續舞蹈的音符
在氣息當中。

一群家人在這
深深的平靜底，
走過自己的道途。

在落日之先

女兒在落日之前的日子，
為我沖上一杯黑咖啡，
在我充滿知識的桌前：

「咖啡喝得怎麼樣？」
靦腆的小女生的臉看著我。

我一臉微笑的額頭紋：
「黃昏在放鬆當中微笑。」
妳看：「小狗兒靜靜地，
趴在地上，舖成一地的歡喜。」

日子，在落日之先。

看著它

五月初，
綠色當中飽滿了
庭院的玉薯黍。

小野草從一旁
群起驕傲地看著它
伸入黃昏。

言語

蘭花葉子
枯黃了一種顏色。

底頭抽芽的嫩綠
正微弱的身軀游走深夜
開始，它神秘的言語。

背面

一盆蘭花
放在媽媽生活照的
背面。

這搖籃
讓小花兒開啟
兩朵的紅。

一朵思念。
一朵懷抱。

對語

老師又騎著單車來
看我。

我們互視微笑的
黃昏。

中年與老年的對語
沒有很多話要說。

更深了

寂靜的
銀色月光
給了庭院的
晚蟲歌聲。

窗外的晚風
更深了夏夜。

窗外的晚風
更涼了夏夜。

一滴一滴

一隻老小狗
躺在我身上裸露
六粒小乳頭，

享受我手指間的溫度。

牠的笑容一滴一滴地
從唇角張開陶醉，
哼起音符飄緲
在心絃之上的歌聲。

囚了

大家都在白日秋收，
所以夜晚流向星星說話。

所以人群的眼睛
囚了靜默。

大家都在亮光之中忙碌，
所以晚風流向暗夜對語。

所以人群的腳步
沉醉回憶。

睡了嗎？

孩子！
妳睡了嗎？

我用更深的夜晚的身體
貼近妳們，捱靠著妳們。

祈求妳們寬恕我的偉大。

回憶淡淡

打開蒸籠：
白白胖胖的饅頭香
蒸發了童年。

中年的日子：
回憶是淡淡打開
憐惜的思香。

爬出

紫色牽牛花
從清晨的籬笆間
爬出一天。

海遠處，
翠綠，深藍，
海與山巔的彼此意向

雲朵飄灑了
淡淡藍的天際。

天真

菩提樹長出繽紛紅的
嫩葉，在晨的微風中
更孩子氣地
旋轉自己。

智慧是這般
天真。

山間的日子

山腰間有處人家，
我站在遠處
望它們的群綠。

是隱藏在山中的
擁抱山巒，
抑或是望著祂
出奇的眼神，

創造了山間的日子？

是誰

是誰把它們請來？
是個淘氣孩子的笑聲？
是群山中綠色的腳印？

隱身

把讀的書在書桌上堆高，
堆高，堆高的書牆，

以及我看不見妳的髮梢。
以及我阻擋了風吹過來的路徑。
以及我看不見自己的隱身。

歌的盡頭

一首歌在黃昏的
盡頭歡唱。

像一群魚
在魚販盆中的悠游。

這讓人想起終身學習。

經歷

窗外的海
飄揚著
夏天的溫度。

是怎樣的可愛？

一對小女孩光起身子
在自己的經歷。
我把這做為推薦甄試的書函？

海洋呀，
我們這海洋的孩子。

拍動

我血液之中的元素，
有我母親的一滴，
有我父親的影子。

有我所有的同伴，
有我的腳印，如船
旅行天之涯：

如天空中的鳥與空間。
如拍動的翅膀與氣息。

聽呀！流動

我確定吐出的語言
是大地在血液支流的聲音。

是月亮在銀光之中的夢境。

聽呀！聽呀！
流動的暗夜與明月。

生活之外

在生活之外，
在時間之外，
在空間之外，

在形象之外的樣子，
像獨居日子很久的幻覺。

回來吧，我的弦

回到這裡吧，
孩子！

回來吧，
我的記憶。
母親的懷抱
點綴了星光
在暗夜之中的藍綠。

像個民間歌手，
走在鄉村的吉他的弦。

翻開下一個笑容

這情況有所不同：
當我走出考場，
縐褶樣的試卷紙，
從我的笑容翻開
下一個笑容。

當試題讓腦子訝異成
一片空白之時：
四十歲是一種光榮。

爭執場上的取樂。

聆聽

我常在失望的
樹蔭之下

聆聽希望。

其中

小山坡之下
有一片海，
海的旁邊
有幾朵雲
和幾朵白色的
建築物。

街道和生命和死亡
都在其中。

這條街走過

從這條街
走過
那條街
思想
都走成了黃昏

綠苞是夜的沉思

蘭花的枝梗
冒出多朵樣的綠苞

它不是要爭取什麼
是夜裡靜靜的
沉思中成了明日
陽光下的嫩葉

腳步、笑容

一個朋友來了又走
他們把思想
想成了夏夜
涼涼的風

像個剛才
腳步聲中的笑容

我不知

音樂輕輕
在夏夜之深走動
旋律中帶進的歌詞：

「如果妳來……」
「如果妳來……」

我不知該靠近什麼來著

舞彩之虹

騰空所有的
細胞成為雲朵。
騰空所有的
氣息成為藍天。

我與妳會面：
在藍寶石漾起的
琵琶湖裡。

清涼的湖水流動，
在我們舌尖的汁液當中。
陽光輕輕灑在
每一微微細細的
基因之流。

淡淡清涼的呼吸
為藍色光譜
與白色光譜的

舞彩之虹。

散開一地

詩在行動當中。

沒有發聲的
語言與文字，

沒了形象，
只存在觀察的清涼底
浸潤，像微笑在微風當中，
沒了語言，
只有氣息。

像散開一地的
細胞在海洋之中。
陽光鰈語般地走動，
像顆暖陽在朝露之中。

像一口歌聲

輕輕蠕動妳的腰，
如輕輕乳動妳的呼吸。

熱熱的臉紅
幻化成漣漪一般的清涼。

臉龐清清淡淡的微笑，
像一口歌聲，散了開來。

散了開來的
散了開來的
沒有自己。

蓮海

一細虹色絲線，
是我離開身體的
結業證書。

我即常住
蓮花之海。

濤聲

陽光和泡沫：
綠島藍色夢幻般的
濤聲，讓我進入
完全的
藍光之中。

年輕的時候

大清早，
年輕的媽媽彎下腰
和自己年輕時候的小女孩
喋喋對語。

那手腳把鳥聲逗樂著。
那表情咿呀咿呀地
來往交際。

這款新模樣，
把個世界改造。

流動

當你從我的心田
流動，我當記得

這祝福，像母親
連著我，臍帶之先的

沒有語言的感動。

飛

如一隻鳥
蹲在海岸。

一襲濤聲，
飛向欲望的

藍色之海之天空。

喜樂

少年得志。

有個聲音會跑出來
告訴你：
「樂極生悲！」

那古老的語句，
更會提醒你，
年老的時候別忘了：
「極樂世界！」

少有祖先告知你的：
年少的時候就當
「喜樂到底！」

時空

打開雙手擁抱
自己開始。

擁抱空間、
擁抱時間。

進入擁抱與
被擁抱的幸福。

日記

祝福因應祈求而來。

對待眾生的祝福，
成為必需性的日記。

心境

帶入出離的心境，
觀察我有必要對待人生
做一次出離。

出離曾經的榮耀與平凡。

受教

我回學校受教：
為著再讀一次
我的自己。

我自我的一切，
不再
那麼重要。

速寫

華麗是一種冒險，
如臉龐流露
輕鬆自在的旅行。

中年的日子在臉上
速寫時間。

走過

從原來走過的地方
看著自己。

覺知自我覺得的想法：
像穿上一件衣裳，
再脫下一件衣裳。
如帶上面具的想像
赤裸的可愛。

本質

我已經失去一個
評審的角度。

知道自己的腳步，
注意自己的腳印。

敏銳帶著心理分析的感覺
不是我來的本質。
我的本質從覺知中來到，
為著如願。

延伸

一群人上了小山坡，
沒有名字的綠色濕潤的山
種植廣大的高接梨，
農人在這裡種植季節。

被綠色雨後包裹的懷抱裡，
卑南溪流出海口的
那一充滿顏色的窗口。

藍色延伸的無止盡。

水藍色的小魚苗

時間穿過空氣，
凝結而成的
海浪的心聲，湧進
岸邊咕咾石的懷裡。

小瀉湖裡，
水藍色的小魚苗，
對起五月的浪潮說話。

海浪整個湧進來的豁達，
濤聲整個湧進來的怦動，
水流在說話，
藍色的小魚苗在悠游。

充分表達意見

全家人都外出散步夜晚的涼了，
只留下一隻白色馬爾濟斯狗兒
在家，牠還沒表達意見之前，
就已從會議桌上被忽視。

大家回來了！
床上一大片的尿液，
便是牠急欲言說的
夜晚的寂寞。

光合作用

處在夜晚最深的
寧靜當中。
白日蒸發的一切想望，
進到無窮的虛空，
極遠的空間，
生命熱度的凝結。

凝結而為朝露，
為著朝霞與朝陽的光，
在內心深祕的一點
幻化成為甘露。
生命質量的昇華而為

舍利，為眾生的想望：
光的作用。

信仰

被保護管束的孩子，
固定在最沉寂的孤獨中，
見著信仰之神的極樂。

被保護管束的孩子，
愛上這管束。

神秘的

蟬聲在平野的數蔭間
散開夏季。

山遠遠地，
雲絮裡有許多神秘的
故事，那一抹雲是我的
期盼。

散落空靈

我們在談詩的凝鍊
句子與句子之間的
最短距離
壓縮而成的光碟片一般。

我們很少談詩的散落，
在意象與意象之間的
迷濛空靈，散開
而成的想像與知覺。

沙之形

沙在海潮的聲音間
傾聽，海走動的神聖。

沙，海風的飄然中
走動形狀。
形狀連綿的睡眠，
再也沒有一處形狀如此
柔軟深刻，如痕跡，

如點點滴滴心頭的
滋味，此刻由妳的滿足
走向各處，

讓海在沙灘上輕輕
呼吸月音。

掌心

一切由神的安排而來，
像母親洋水中的我
開著內觀無私的種子，

從母愛的心間
流瀉甘露
直到每一眾生
掌心間的慈顏。

翅膀

這裡的月光特別的涼，
如一只酒杯裝滿
海潮的醉。

我坐在忽然之間的清醒，
像醉了語言的深處，
有一口鳥兒般的
遠方，翅膀，
睡夢中，窗前，
皎潔的銀光。

婚禮之歌

這之間與之間的面前，
帶來一口好消息。
像懷孕。

這之間與之間的光景，
帶來一口好消息。
像墳土長出的綠草，

如婚禮把愛情別上
思念的記號。

如一小節上的間奏。

唇舞

應合母音在雙唇的途徑，
我把捲成的音節
都向夜宿星辰的銀河
高歌。母親啊！

妳把氣息送進我的臍輪的
那一刻，我已明白
愛情的說東說西，
像潮漲潮落的

潮聲，像咒語的伴奏。

臉

把一首曲子寫在臉上，
妳會明白心情的速度，
像雕刻的個性。

眼睛與水

天空有一種波動，
像花瓣在夜晚打開的節奏。

唇之印象

把愛情遞給我，
如一酒杯遞給我的醉，
暈紅留在雙唇的旋律，

如樹根含著溪水的吸吮，
說出金鈴般的花叢。

愛上一個人

為什麼泰國鯽魚愛上綠色水草？
用唇與牠共舞。

搖動逐漸在水中消逝的表情，
像深深地愛上一個人呀！
此情狀：說不上是哪裡出了錯亂？

醉曲

我想模仿一種醉，
沒有前奏的直接，
像詩人影響自己的共鳴。

潮曲

夜晚睡不著月色
靈魂在等待清晨
凝神佇候東方的

海洋，渾然不知
活著會讓人想起很多
潮曲，前一刻的熱吻。

吻我

吻我！
像草原中現出的一朵花兒。

吻我！
像微風走過的巫術
含苞待放的心情。

流動的夜

醒來，
軟綿綿地睡去。
眼神裡有紅色的絲線
編織
夢中的故事。

睡去，
為清醒看見剛才夢中的清醒，
像人生的甜蜜，
由夢連綿著鐘聲。

知己

風涼涼的深夜，
月色獨與星星說話。

思想

有思想的人，
在夜色之前
特別有他的哲學
要說話。

像星星在黑暗的夜幕之前。

賣點

深深愛上一個人，
就像極其簡單地

把自己出賣了。
像花園賣給了花朵的虔誠。

這不陌生呀

為了和妳在一起，
我嚴謹的學術理性，
像被夜晚沖入了
一杯黑咖啡。

妳說，我還能夠看見什麼？
對於美學的意義？

奉獻

愛情像觸摸含羞草風貌的
對人性叛逆。

說不出個原因，
她的害羞也是個奉獻。

這一刻

我不得不向妳的
這一刻鐘
訪問，妳眼中的流動：

這呼吸，像酒神認識的
醇酒。無疑地，
討論無法證實
永恆般的真理。

建構

然而，在這之前
一定有一個女人
讓我證明
對妳的驚嘆號！
像這一節音樂中的
休止符。

唇印

妳的沉陷
再度證明
清晨之歌中的
羞的微笑，

這像無窮的唇印。

迷藥

妳帶奧秘來的
晨之神之迷藥。

像風，
讓葉梢搖動綠色。
像陽光，
讓你的臉有了光澤一般閃耀。

誘惑

這屬於驕傲的季節，
當妳的乳房的姿態下垂，

妳的美才剛從塵土的
肌膚間溢出
愛戀的思想。

甜美

乳房失去光澤的發散
寂寞中的知己。

像果實褪去色彩的甜美。

顏色

那老女人最美的乳房
像情慾沒了顏色。

風在這裡轉圈子的
更加柔軟了。

化妝

化妝：
像女人，
永遠不懂得女人。

堆高

把自己堆高了
以至於
看不見自己。

肌膚

女人在手上
脫下肌膚。
如籃球在籃框
外部跳動。

一投秀髮、哨音，
驚醒的光亮
遠離地平線消失。

閱讀

研究所教授

挺立背脊

在教室

筆直一行

研究生

在兩種世界的自己

接受口試閱讀

從唇邊流瀉

閱讀他人、自己

空氣

欖仁樹下
風從七月凝鍊。

教授的唇
從聲音裂開。

乾了
這杯空氣。

微笑

夜燈吊在遠方
墳場氣息
正流動

我腳下的皺紋
與接近塵土的
一口微笑,
如燈。

寫詩

小孩兒蓋著毛巾玩耍
躲過自己的一紙哈笑
輕易在彈指間
破了年歲。

計時器紅色的寫詩
靜默在靜止之中。

位置

離開，由時間
留下一隻
風的證物。

妳可在閉上眼的同時，
指認出
位置。

說話

球拋空
落了地的
一聲文字

由天空說話。

止默

生活由妳
連接時間。

刻度暫歇的
瞬間
妳的止默之音。

上升

煙上升，
人群舞動。
我是你們的公器，
也是我的公器。

聲音

方向，方向一直在前進。
雖然，我曾忘記目標

但前方的更前面
更遠的，那一個遠方，

有個內在的無聲之聲
召喚，召喚起我的……

做個自己。

眼神

清晨，一隻鳥兒從高空
而下。牠挺胸拍動
翅膀，不停地拍動翅膀
觀照草叢的一切
停靠站。

覺知自己的內在世界，
以求獲取一次食物的自我。
牠停下腳步咕嚕嚕地
轉動的眼神望那
深處，草叢令牠低吟的有感。

醒不如睡

只一聲輕輕喟嘆，
日子便來個新的店員，
看著我躊躇中死去的時間：
是我在醉與醒之間遊蕩？

還是醒著不如睡去？

別想那麼多的人生使命，
像水中的魚兒，
在水中悠然地游來游去。

上升

水族箱裡的氣泡
直線上升
亮亮的珠子，有光
為它們顯現。

水草隨著流水
走過身旁，氣息
搖動綠色的舞姿。

它一直是向著光的
健康心態一般。
它不改變這種生活，
這本質讓它堅持
綠色的原貌。

有些事不一定要有思想的。

像魚兒有許多思想、慾望、有尋找
把這小小世界企圖，觀賞者

有個不一樣的角度。

天空倒入

果實脫離枝枒的
甜美，這成熟象徵
最接近大地的謙卑。

有誰能否認天空
倒入河裡，
墜落、離去是美感。

重要人物

一位重要人物
講演詩歌的故事。

演講廳外
一群孩子正玩起
下課的捉迷藏與喧嘩。

他們是重要人物，
這一些孩子。

來了清晨

關起門，窗戶
吐在窗口的白日
謊言，

也該休息，下班。
夜接管真實，
清晨來了。

核果

一顆核果
等待
陽光炸裂它的聲音。

等待
夠熱情的溫度
掀開它的肌膚。

經過

經過一個晚上，
雨會停嗎？

簷下唱的是鳥兒嗎？
珠簾滴下的在歌嗎？

孕育

陽光收割成熟

妳垂下的無力感
終於躺下

躺入曾孕育妳的
大地

綠色之舞

竹林，
綠色的光譜。

漸層洗刷現象的腳印
移動著的，風的
功課表，天空下
綠葉群起，晃頭晃腦的

舞之影之動。

場景

穿過這片竹林
天空的權利
擴張著場景。

這眼下
小徑的源頭
由水的透明
聲音伴著，更具體的
說明會，山路旁聳立的
墓碑，現實地成了
山風低吟，這裡是
被標明的地址，沒有人
曾在這塊回憶中缺席。

當野百合花
在四月開放白色，
我們的喝采也從這飄逝，

如山嵐著的黃昏、清晨。

聆聽

看見沉默者的力量。

聽

靜靜地看著祂，
音樂會自然旋轉。

白

在坦白中，
看見人群的
懦弱與喜悅滋生。

時間進行式

ING

真相

感覺是一真相。

靠近我

輕輕地靠近我，
然後聽妳說話。

用我的眼睛聽妳說的話。

玩耍

雨珠打在窗玻璃上玩耍。

過日子

孔廟前陰雕二字「子曰」。
我看遠成「日子」。

原來孔子要我們好好地
「過日子」。

五歲的孩子

我看著我內心五歲的孩子，
到底他要的是什麼？
他氣得狠狠地槌牆撞壁槌自己的疼。

午後

小魚兒在水草中，
遊盪綠色，
居所的世界。

滿天星

父親抱著女兒，微笑。

拿走這二個字

我賭
輸了被
相信。

存乎一心

上天給我一份精美禮物，
藍風來了，
風藍走了。

祂們存在唯一，
自然自存。

午陽之春

陽光在草綠桌面上，
暖了溫度。

出遊

車子的鑰匙在桌面，

黑色的，
旅人的匙孔。

到底怎麼了

我在累裡面，休息。

硬殼

烏龜，還在呼吸。

國度

音樂正在歌唱，
我沒有在聽。

唯一時間

不再具有這樣的時刻，
誰能看清楚？

獨尊

天上天下為我獨尊。
是在說：

你就是那麼地好。

我

愛別人，包裝了被愛。

穿透故事

躺下，再也看不見的，看見。

心中祕眼

心的眼睛，萬變不離，其中。

斜坡

上了斜坡慢慢，看見瞇眼的海，深藍。

黑白

白天穿上一身，黑衣服，夜就早睡。

夜與星空

經驗沉默的自由。

行進間

道路後退，木麻黃林，看了遠方的海。

想像詩學

想像和死亡在時間中，
可曾靜止？

表現

死亡是一種推動力，
什麼在這裡完成了。

實踐者

想像與表現。

知己

簡單一個笑容。

語言

脫了現場。

剎那

扎一針，觸動。

一針

見血。

濛

雪，雨，瓦上雨聲。

擊

看看你。

情深

深情，無語，無情。

走了

謝謝！妳給的。

愛

找到那一個胸懷。

支持

走下去。

憶

回想起來。

永恆

一起走著瞬間。

愛情

生命完成的道德，

為這個人，

走一回。

值得

閉上眼，
有淚留給妳，
兩滴觸動。

果位

感謝是位階，
謝謝是位置。

心曲

心中一把四弦琴，
波動心弦的曲子。

九月

毛毛細雨，蜻蜓。
夏末的海，月光。

約會
夏末，情人，
黃昏的懷抱。

綠草，海藍，遠方。
兩隻狗，水牛，
白鷺鷥的翅膀眼睛裡翔飛。

視覺

眼腳下，
沙丘冒上綠。

黑色岩石延伸，
它的視覺。

晚年

晚蟲，月光。
河流，散步的人兒。

風和波浪

千言萬語，
黃昏之海深綠的，
月亮白色的靜止，

在天空、在天空。

悄悄的顏色

粉紅的天空被推向後方，
墨藍的氣息引領眼前的海，
那遠方的小島吞入肚內，
月兒悄悄向西方的天空移動，
小腳步像學步的小孩。

紫色就是天空，
綠是土地生出來的顏色，
烏頭翁從椰樹林穿透歌讚目前的變化。

有個陌生人坐在岩石上，
看一隻泥燕靜謐的翅膀。

我會在這裡失去？
如月兒躲入雲堆。

老的時候

當妳老的時候，
我在望看庭院的窗旁，
以音樂、簡訊、詩歌，
觸撫妳的每一條年歲。

老公公、老婆婆
走入清晨、黃昏的笑容，
微啟目前我們在走的親密。

喝了陽光

每一朵花，
喝了陽光的酒，
用色彩表現它的醉。

護花

成熟的果子，
繫不牢枝頭，
掉落下來。

祈禱

我本身就是一個祈禱。

看見

當我願意活下去的時候，
我才能看見。

汁液

剖開清晨的汁液。

風乾

把風拿來吹乾。

祈禱

閉上眼蹲著，
用身體
做出一個祈禱。

指尖雨

指尖雨落在
我背上的夜晚,
像兒時。

詩

因為我來了,
妳更美的空間詩學。

得捨

年紀愈大,
愈抓愈少。

少到一個字。

形形色色

偶遇台灣欒樹的黃花、紅莢，
滿樹如街的影，
形形色色這九月末梢。

白色空間

我曾在這白色空間的床上回憶。

微笑

跟著孩子，跟著。
你的童年來了，跟著。
你的歡笑與天真來了，跟著。
跟著，你的眼睛有了微笑。

火化

火化思想

愛情

起落一瞬間

問我

問我那麼多

自然

地、水、火、風

一個如此

所有人、所有大自然的一切，都在為我設想。
我們彼此經過：生活、修行，只是一個如此。

愛，純粹

愛，在。純粹，散佈，舒坦，如自然！如虛空！

安眠於

我不跟事件前往，我返向：看見自己所有的一切。如一
望無際，如無邊無止境：直到安眠於微笑當中，美好的
宿命。經過：本無依處，凡事必不擔憂。明日，陽光。
今夜，月明。現在，散步：舒坦。

讀妳

妳還有心，善良、勇敢的毅力。總為人設想，而委屈，
為求全。但從小都被忽視，這心中要的內心世界，所以
妳跟自己拗。從現在起：我們一起飛翔，如果妳懂，給
自己一次冒險！妳不怕前進的張力，要被了解、被懂、
被尊重、被愛中舒坦。我讀妳如是！

微塵

微塵和微塵只在經過。不會相遇，不會相合，如虛空。

說了話嗎

經過這裡！你說這是真？你說這是假？經過那裡！你說那是真？你說那是假？如果：只是經過呢？你說了話嗎？散步。

天真

我愛聽妳：燈下閱讀旋律！聆靜在妳懷裡陪妳：天真的眼底，深處，只有夢。想像如我，天空。

家

任何時刻：都不會影響，我對妳，核心之果的看見。我在：妳核果之心間，見妳我把握的，一顆心交妳來造晨露。笑容如心！如家裡的聖誕燈，夜遊爍閃的，笑容！給妳心裡的一個，家！

清唱

看看我！一路上許多，美好留下來！豐富，自己的生活。上天：已經給我！最美的，禮物了這禮物：美的宿命。所以我是！恩典、禮淨！淡淡醇香：久遠、長長久久！是我們，清唱了！這詩、這歌、這舞、這月光、這說話的，陽光。

給我

給我？一點時間讓我？讓愛的空間，很散步！純粹經過，時間：愛上，一路舒坦。

靠

腳踏車，畫面。是我，希望的背。那裡，依靠著。

完成

微塵，無語。經過，微妙。歌聲，妳來完成，唱腔自己。

散步宿命

我們活在自己的小說，故事裡有情境、有心境、有人物、有情節、有虛構、有誇飾、有真？有假？變化著人生。這都是現象。現象：就這樣經過了。語言與語言，靜默與靜默，現象：就這樣經過。現象的發生是我們，入了想像、造作宿命。我們可以決定，要不要一個花園。聆聽：我們自己想像的語言，經過、經過、經過，經過散步。

我是

靜默：禮敬！寬懷地接納，無數人：經過這裡的，散步！水，流向無止盡的力量。聲音，新娘子從我心坎深處，看我。遠方，海面上的微光，正說話。綠草，漾了心田。燕子，群飛穿舞，時間，空間。河，回憶。所有的話語都在。河鏡照見著陽光。眼裡的河，我們的手，正輕握。我是風，是歌，是舞，是經過。

交給

新娘子說：我把我的一生交給了你。

滿黃的

每個季節都是回憶，冬季苦楝樹點點滿黃的果實。

彼此

讓祂們彼此經過。

行者

讓她們彼此經過。誰?讓她們彼此經過?
是誰?讓她們彼此經過?我是:經過的行者。

人生

懂得生存和懂得生活,是兩回事。

開口

大自然的一切,都在。開口說話。

生死

活著：表達訊息。死亡：傳達信念。

看見

看見開放時刻。春天，嫩葉。

自然

醉然動作，無語。微風對語，竹葉。

表現

人生：表達一群符號。生命：表現一個鋼琴音符。

尊重

做妳的朋友！好不好？

無窮

愛！

魚

游過來，游過去……

樹

舞蹈綠色天空。

路

沉默行者。

火車

軌道遠了。

綠色隧道

落葉，朋友。

歲月

梳了腳印聲，風華。

聽

傾耳這裡，一切。

這片

行走，這片落葉。

交談

落葉與落葉，靜靜地。

行走

行走，這片落葉。落葉與落葉，靜靜地裡頭，
溫暖。
發酵行走與行走。

一直這樣

一直這樣，接觸我，大地啊！

沉思者

綠色隧道，綠色，浮動。語言，未及的沉思。

居所

所有，通向心靈未揭露的居所。

消失

對自我寬恕，才能對他人寬恕。

進入經驗裡頭，寬恕這與會的，自然消失。

自己在

椰子樹葉大自然綠色伸展開闊的百葉窗，
季節可以如此綠色眼眸，綠漾。
光線的目光從這細縫走過經驗生活，
無語是風的臉龐神采著呼吸的氣息。

啊！美啊！片刻。生命在滋長。

花朵啊！春天的天國。花瓣啊！天使的翅膀。
春天可以這樣花開。春天可以這樣飽滿的內在
情人。
陽光可以這樣肆虐嫵媚，陽光可以這樣百般柔情。
綠樹可以這樣綠色萬千，自己可以如此如是映化
自己在，
爺爺與稚真的小孫子雙修一幅創作印象，藝術當
中的智慧與慈悲。
啊！美啊！片刻。啊！美啊！雙修。

佛陀是真實的。生命是美好的。

語言是美妙的。花朵是行動的顏色。

美麗是真實的顏料。啊！美啊！片刻。

國家圖書館出版品預行編目

時間進行式ing / 白佛言著. -- 一版. -- 臺北市 ：
秀威資訊科技, 2007[民96]
　　面； 公分. --（語言文學類；PG0124東大詩叢3）

ISBN 978-986-6909-51-1（平裝）

851.486　　　　　　　　　　　96005738

語言文學類　PG0124

東大詩叢3：時間進行式 ── ing

作　　　者 / 白佛言
發 行 人 / 宋政坤
執 行 編 輯 / 詹靚秋
圖 文 排 版 / 郭雅雯
封 面 設 計 / 林世峰
數 位 轉 譯 / 徐真玉　沈裕閔
圖 書 銷 售 / 林怡君
網 路 服 務 / 徐國晉
法 律 顧 問 / 毛國樑律師
出 版 印 製 / 秀威資訊科技股份有限公司
　　　　　　台北市內湖區瑞光路583巷25號1樓
　　　　　　電話：02-2657-9211　　傳真：02-2657-9106
　　　　　　E-mail：service@showwe.com.tw
經 銷 商 / 紅螞蟻圖書有限公司
　　　　　　台北市內湖區舊宗路二段121巷28、32號4樓
　　　　　　電話：02-2795-3656　　傳真：02-2795-4100
　　　　　　http://www.e-redant.com

2007 年 4 月　BOD 一版
定價：340 元

讀　者　回　函　卡

感謝您購買本書,為提升服務品質,煩請填寫以下問卷,收到您的寶貴意見後,我們會仔細收藏記錄並回贈紀念品,謝謝!

1.您購買的書名:＿＿＿＿＿＿＿＿＿＿＿＿＿＿＿＿

2.您從何得知本書的消息?

　　□網路書店　□部落格　□資料庫搜尋　□書訊　□電子報　□書店

　　□平面媒體　□ 朋友推薦　□網站推薦 □其他＿＿＿＿＿＿

3.您對本書的評價:(請填代號　1.非常滿意 2.滿意 3.尚可 4.再改進)

　　封面設計＿＿　版面編排＿＿　內容＿＿　文/譯筆＿＿　價格＿＿

4.讀完書後您覺得;

　　□很有收獲　□有收獲　□收獲不多　□沒收獲

5.您會推薦本書給朋友嗎?

　　□會　□不會,為什麼?＿＿＿＿＿＿＿＿＿＿＿＿＿＿＿＿＿

6.其他寶貴的意見:＿＿＿＿＿＿＿＿＿＿＿＿＿＿＿＿＿＿＿

＿＿＿＿＿＿＿＿＿＿＿＿＿＿＿＿＿＿＿＿＿＿＿＿＿＿＿＿＿

＿＿＿＿＿＿＿＿＿＿＿＿＿＿＿＿＿＿＿＿＿＿＿＿＿＿＿＿＿

＿＿＿＿＿＿＿＿＿＿＿＿＿＿＿＿＿＿＿＿＿＿＿＿＿＿＿＿＿

讀者基本資料

姓名:＿＿＿＿＿＿＿＿＿＿　年齡:＿＿＿＿　性別:□女 □男

聯絡電話:＿＿＿＿＿＿＿＿　E-mail:＿＿＿＿＿＿＿＿＿＿

地址:＿＿＿＿＿＿＿＿＿＿＿＿＿＿＿＿＿＿＿＿＿＿＿＿

學歷:□高中(含)以下　　□高中　　□專科學校　　□大學

　　　□研究所(含)以上 □其他＿＿＿＿＿＿＿＿

職業:□製造業 □金融業 □資訊業 □軍警 □傳播業 □自由業

　　　□服務業 □公務員 □教職　□學生 □其他＿＿＿＿＿＿

秀威與 BOD

BOD（Books On Demand）是數位出版的大趨勢,秀威資訊率先運用 POD 數位印刷設備來生產書籍,並提供作者全程數位出版服務,致使書籍產銷零庫存,知識傳承不絕版,目前已開闢以下書系:

一、BOD 學術著作—專業論述的閱讀延伸
二、BOD 個人著作—分享生命的心路歷程
三、BOD 旅遊著作—個人深度旅遊文學創作
四、BOD 大陸學者—大陸專業學者學術出版
五、POD 獨家經銷—數位產製的代發行書籍

BOD 秀威網路書店：www.showwe.com.tw
政府出版品網路書店：www.govbooks.com.tw

　　永不絕版的故事・自己寫・永不休止的音符・自己唱